INSTITUT DE FRANCE.

ACADÉMIE DES SCIENCES

DISCOURS PRONONCÉS

A L'OCCASION DE LA CÉRÉMONIE D'INAUGURATIO

DE LA STATUE

DE

FÉLIX TISSERAND

A NUITS-SAINT-GEORGES

Le Dimanche 15 octobre 1899

PARIS

TYPOGRAPHIE DE FIRMIN-DIDOT ET Cᴵᵉ

IMPRIMEURS DE L'INSTITUT DE FRANCE, RUE JACOB, 56

M DCCC XCIX

INSTITUT DE FRANCE

ACADÉMIE DES SCIENCES

DISCOURS PRONONCÉS

A L'OCCASION DE LA CÉRÉMONIE D'INAUGURATION

DE LA STATUE

DE

FÉLIX TISSERAND

A NUITS-SAINT-GEORGES

Le Dimanche 15 octobre 1899

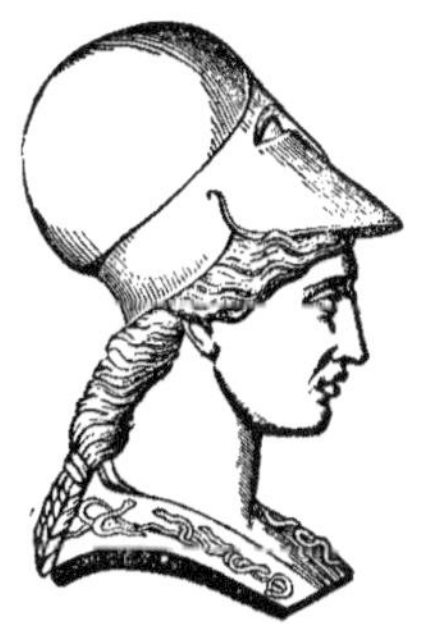

PARIS

TYPOGRAPHIE DE FIRMIN-DIDOT ET Cⁱᵉ

IMPRIMEURS DE L'INSTITUT DE FRANCE, RUE JACOB, 56

M DCCC XCIX

INSTITUT
1899. — 27.

ACADÉMIE DES SCIENCES

INAUGURATION DE LA STATUE

DE

FÉLIX TISSERAND

A NUITS-SAINT-GEORGES

Le Dimanche 15 octobre 1899

DISCOURS

DE

M. BASSOT

MEMBRE DE L'INSTITUT

AU NOM DE L'ACADÉMIE DES SCIENCES

MESSIEURS,

M. Faye, doyen de la section d'astronomie, avait accepté de représenter l'Académie des sciences à cette cérémonie. Obligé de se rendre à Dax, il a écrit la lettre suivante que je suis chargé de vous communiquer :

« MONSIEUR LE PRÉSIDENT ET CHER CONFRÈRE,

« Je ne pourai assister à l'inaugnration du monument consacré à M. Tisserand.

« C'est avec regret que je renonce à apporter mon

témoignage, en un tel jour, à un confrère aimé et estimé :
j'aurais voulu parler de ses beaux travaux et dire surtout
que si la science déplore la perte qu'elle a faite en sa personne, c'est un sentiment qui n'est pas particulier à la
France, mais propre à l'unanimité des savants : j'aurais
voulu, à cette occasion, citer particulièrement l'Association
géodésique internationale qui, dans son assemblée générale, tenue à Stuttgard en 1898, s'est exprimée en ces
termes, par l'organe de son secrétaire perpétuel :

« La nouvelle du décès si inattendu du célèbre astro-
« nome Tisserand, qui a consterné non seulement la
« France, si justement fière de l'éminent directeur de l'Ob-
« servatoire de Paris, mais les savants du monde entier,
« qui appréciaient hautement la valeur de ce grand théo-
« ricien de la mécanique céleste, nous est parvenue le
« 20 octobre 1896, pendant la réunion de Lausanne qui a
« exprimé immédiatement, par télégramme, ses sentiments
« de condoléance à sa famille. Je suis sûr d'être l'organe
« de la conférence générale unanime, en renouvelant ici le
« témoignage du profond et général regret que la perte si
« prématurée du grand astronome français a fait éprouver
« à ses anciens collègues de l'Association. Car, si Tisse-
« rand n'a pas fait de la géodésie l'objet principal de
« son infatigable activité, les liens qui unissent les deux
« sciences sont tellement étroits et nombreux que la géo-
« désie se ressent nécessairement de la disparition d'un
« des plus glorieux travailleurs qui a accompli de si
« grands progrès dans l'astronomie moderne. L'Associa-

« tion géodésique restera toujours fière d'avoir compté
« Tisserand au nombre de ses coopérateurs. »

MESSIEURS,

Au nom de l'Académie des sciences que j'ai l'honneur de représenter ici, à la place de M. Faye, je salue ce
monument impérissable élevé à l'un de ses membres les
plus illustres, dont la carrière vous sera retracée dans un
instant par une voix plus autorisée que la mienne. En
m'inclinant devant ce bronze, je suis saisi d'émotion, car
j'étais l'un des amis et le compatriote de Tisserand ; à ce
double titre, j'acquitte envers sa mémoire une dette de
sincère sympathie et de vive admiration.

Ce monument rappellera à ses concitoyens et à leurs
descendants le culte que notre pays sait rendre à ceux qui
illustrent la Patrie.

Il rappellera surtout aux habitants de la ville de Nuits
que, dans notre démocratie, rien n'arrête l'essor des hautes
intelligences et qu'un de leurs enfants, malgré son humble
origine, a su, par un labeur incessant, étayé sur de puis-
santes facultés intellectuelles, s'élever aux plus hautes
situations qu'un savant puisse ambitionner.

Gloire à la ville de Nuits pour avoir produit un tel maître,
rival des Laplace et des Le Verrier ; gloire à elle aussi pour
l'hommage qu'elle lui rend aujourd'hui, hommage de piété
profonde auquel s'unissent les cœurs de tous les amis et
de tous les admirateurs de Félix Tisserand.

DISCOURS

DE

M. LŒWY

MEMBRE DE L'INSTITUT

AU NOM DE M. LE MINISTRE DE L'INSTRUCTION PUBLIQUE
ET DE L'OBSERVATOIRE DE PARIS

Messieurs,

M. le Ministre de l'Instruction publique, retenu par des obligations impérieuses, se trouve dans l'impossibilité de prendre part à cette cérémonie. En me déléguant pour le représenter, il m'a chargé d'exprimer ici tous les regrets qu'il éprouve de ne pouvoir personnellement rendre hommage au grand savant dont nous célébrons aujourd'hui la mémoire.

La solennité à laquelle j'ai ainsi l'honneur d'assister en la double qualité de délégué de M. le Ministre de l'Instruction publique et de représentant de l'Observatoire de Paris, est, on peut le dire, une manifestation internationale. Elle émane en effet de cette solidarité intime et de cette douce confraternité qui réunissent tous ceux dont les efforts ont pour objet la noble cause de la civilisation. Pénétrés d'admiration et de reconnaissance pour les services éclatants rendus à l'astronomie par Tisserand, non seulement les savants français et ses compatriotes, mais aussi les astronomes de tous les pays se sont associés dans le projet de lui ériger un buste en sa ville natale. Cette pieuse pensée se trouve aujourd'hui réalisée grâce à l'initiative de M. le Dr Boursot, maire de Nuits-Saint-Georges, et au talent de deux artistes : M. Mathurin Moreau, le célèbre maître statuaire, et M. Vionnois, l'éminent architecte.

C'est avec un légitime orgueil que la ville de Nuits-Saint-Georges pourra désormais contempler le monument que nous inaugurons. Il nous montre, reproduits avec un art exquis, les traits si expressifs d'un de ses fils les plus illustres, dont la carrière a été une gloire pour ses concitoyens et restera un triomphe pour la science française.

Issu de plusieurs générations d'honnêtes cultivateurs et artisans, Tisserand a été élevé dans les saines traditions d'une vie familiale intime consacrée au devoir et au travail. Il y a puisé cette énergie morale qui devait lui préparer un brillant avenir. En prononçant ces mots, mes regards se portent avec une émotion attendrie vers cette mère qui nous écoute. Par sa sollicitude éclairée et son dévouement sans limites, elle a su donner à la jeunesse de son fils la plus heureuse orientation. Je suis certain d'être l'interprète de tous les assistants en lui adressant l'hommage de notre profond respect. Dès son adolescence, Tisserand a eu conscience de sa vocation et un penchant irrésistible l'entraîna vers le culte de la science. Vous savez déjà, Messieurs, les

éclatants succès qu'il a rencontrés dans la voie choisie par
lui.

Après le tableau si brillant de sa vie que des orateurs
éminents viennent de tracer, après tout ce qui vient d'être
dit avec tant d'éloquence, il ne me reste plus, comme
représentant de l'Observatoire de Paris, qu'à vous parler
des années qu'il a passées dans cet établissement, de
l'activité féconde qu'il y a déployée, des impressions qu'il
y a reçues, de l'influence qu'il y a exercée et des souvenirs
qu'il y a laissés. Nous sommes en droit de revendiquer
l'honneur d'avoir contribué au développement de ses forces
intellectuelles. L'Observatoire de Paris lui a offert un
champ d'activité digne de ses hautes facultés; c'est dans
notre établissement qu'il a vécu en contact intime avec ses
illustres maîtres, Le Verrier et Delaunay. C'est là, pour
la première fois, qu'il a pu aborder l'étude des astres avec
nos instruments de précision et entrevoir dans cette con-
templation les grands problèmes qu'il a traités plus tard.
On pourrait, pour ainsi dire, suivre pas à pas l'ampleur
croissante de ses créations scientifiques par les travaux
qu'il y a produits.

Entré à l'Observatoire à sa sortie de l'École normale
supérieure, en 1866, Tisserand acquit rapidement l'instruction pratique nécessaire pour l'exécution des travaux de
haute exactitude. Il sut éviter ici un écueil contre lequel
se heurtent souvent les jeunes savants sortis des grandes
écoles. Bien qu'en possession des moyens d'investigation
mathématique les plus puissants et désigné pour aborder
les problèmes les plus ardus de la mécanique céleste et de
la théorie en général, il se soumit avec un grand dévoue-

ment à ces travaux si durs de l'astronome-observateur qui, malgré tout le savoir qu'ils réclament et les efforts physiques et moraux qu'ils imposent, n'ont cependant pas le privilège de mener à la grande notoriété. A l'exemple des Gauss, Bessel, Airy, Le Verrier, il a voulu avant tout travailler d'une manière désintéressée aux progrès de la science et puiser directement, dans l'étude du ciel, l'inspiration pour ses travaux futurs. En suivant cette voie si fructueuse, il parvint en effet à la solution de quelques-unes des questions les plus importantes concernant la constitution de notre système planétaire. C'est en sa qualité d'observateur d'élite qu'il fut désigné pour prendre part à deux expéditions qui allaient, l'une, en Indo-Chine, étudier l'éclipse totale de soleil de 1868, et l'autre, au Japon, observer le passage de Vénus sur le soleil en 1874. C'est au même titre qu'il fut, en 1882, chargé d'organiser et de diriger les travaux si délicats de la mission envoyée à la Martinique pour la détermination de la parallaxe solaire. C'est pendant qu'il était astronome-adjoint à l'Observatoire de Paris qu'il a publié, en 1868, sa remarquable thèse sur l'extension de la méthode de Delaunay relative à la théorie du mouvement de translation de la Lune; c'est comme astronome d'abord, et ensuite comme directeur de notre établissement, qu'il prépara les éléments de son grand ouvrage sur la mécanique céleste.

Nommé en 1892 directeur de l'Observatoire de Paris, Tisserand, pendant son passage si court, y a laissé néanmoins les traces les plus durables.

Par sa compétence générale, il a su donner une impulsion féconde et élevée aux recherches si diverses de l'établissement.

Non seulement il a continué l'œuvre si glorieuse commencée par Mouchez pour l'exécution photographique de la carte du ciel, mais il est parvenu à en assurer le succès. A l'heure actuelle, on peut dire que cette belle entreprise, commencée sous les auspices de la France et avec le concours des nations étrangères, est en heureuse voie d'accomplissement.

C'est sous sa direction également qu'a été presque terminée la revision du Catalogue de Lalande ; quatre volumes d'Annales constatent les progrès de cette œuvre considérable qui renferme les résultats des observations effectuées par plusieurs générations d'astronomes à l'Observatoire de Paris.

Grâce à son concours et à sa sollicitude, on a pu inaugurer à l'Observatoire un nouveau travail de photographie céleste, l'Atlas photographique de la Lune, et les fonds qu'il parvint alors à obtenir du gouvernement ont assuré l'avenir de ce grand ouvrage.

Rien ne saurait donner un exemple plus frappant des ressources si variées de son esprit et de sa sollicitude pour les intérêts de notre établissement que la recherche à laquelle il s'est livré dans les derniers mois de sa vie. Il s'était, en effet, chargé personnellement, à cette époque, de la direction des travaux se rapportant à l'observation des étoiles fondamentales, une des études principales les plus ardues de l'astronomie. Ses efforts et sa sagacité, dans cet ordre d'idées, ont fourni immédiatement un résultat remarquable qui contribuera à augmenter la précision des observations.

En effet, dans la marche diurne de la pendule sidérale qui nous sert à fixer les positions relatives des astres, et que son installation au fond des catacombes, dans une enveloppe hermétiquement close, avait fait considérer jusque-là comme soustraite à toute influence de la pression atmosphérique, Tisserand a découvert une perturbation très inattendue de quelques centièmes de seconde de temps, dépendant de la variation de cette pression. Ainsi, Tisserand obtenait ce résultat, vraiment bien curieux, de pouvoir suivre les divers mouvements de l'atmosphère par l'étude de la marche d'une pendule enfermée dans les caves de l'Observatoire.

Tisserand a ainsi dirigé notre établissement avec la puissance d'un esprit supérieur et le dessein inébranlable d'en rehausser le prestige. Son cœur était animé d'un profond sentiment de bienveillance et de sollicitude, même pour ses plus humbles collaborateurs. Dans les hautes fonctions qu'il a remplies pendant quatre ans, il a, par la sérénité, l'affabilité, l'élévation du caractère, su inspirer un respect affectueux à tous ceux qui l'entouraient.

Le savant dont nous honorons aujourd'hui la mémoire était doué d'une pénétration d'esprit peu commune, alliée à une volonté ferme et à une grande puissance de travail. L'originalité, la clarté, la profondeur sont des caractères distinctifs dans l'œuvre qu'il a créée. Il était un de ces hommes qui semblent prédestinés à fournir, dans une direction déterminée, la mesure des forces intellectuelles inhérentes à notre génie national.

Frappé à l'apogée de ses forces par les décrets insondables de la Providence, il a su néanmoins, par une incessante et féconde activité, produire un vaste ensemble de travaux d'une haute valeur qui lui assure une place éminente à côté des astronomes les plus célèbres et une page glorieuse dans l'histoire de la science.

DISCOURS

DE

M· POINCARÉ

MEMBRE DE L'INSTITUT

AU NOM DU BUREAU DES LONGITUDES
ET DE LA FACULTÉ DES SCIENCES DE L'UNIVERSITÉ DE PARIS

I

MESSIEURS,

Il y a trois ans déjà que les amis de Tisserand étaient
réunis autour de sa tombe, et en nous retrouvant ici, prêts
à lui rendre un nouvel hommage, il nous semble encore
que notre perte est d'hier. Tant est restée vivante pour
nous l'image de sa tranquille et bienveillante physionomie,
traversée souvent de la douce malice d'un sourire, tant est
vif encore le souvenir de sa parole dont la fine ironie ne
blessait jamais !

J'avais l'honneur d'être deux fois son collègue : au
Bureau des Longitudes et à la Faculté des Sciences de

Paris, et je voudrais rappeler la trace qu'il a laissée dans ces deux corps savants.

Partout ses collègues appréciaient la parfaite constance de son humeur; ils aimaient l'influence conciliante de sa modération et de son calme bon sens; ils recherchaient ses conseils toujours dictés par un jugement droit et ferme.

Nos étudiants, eux aussi, voyaient en lui un guide que tous acceptaient sans peine parce qu'il ne s'imposait à personne.

Il leur a toujours témoigné, comme à tous ceux qui l'entouraient, une bienveillante et délicate sollicitude, non celle qui se répand en protestations, mais celle qui, discrète et efficace, sait soutenir et conseiller. Il les recevait avec cette tranquille simplicité que le succès, les honneurs, la gloire même n'avaient jamais pu altérer.

II

Tisserand fut reçu à l'École normale en 1863, à l'âge de dix-huit ans ; attiré de bonne heure par la science du ciel, il entra à l'Observatoire en sortant de l'École.

Il se fit bientôt connaître comme théoricien et comme observateur, et, en 1873, il fut appelé à la direction de l'Observatoire de Toulouse.

Enfin, en 1878, ses travaux recevaient une triple récompense : il était élu membre de l'Académie des Sciences, membre du Bureau des Longitudes et il entrait à la Faculté des Sciences de Paris en qualité de professeur suppléant. Bien qu'il n'eût que trente-trois ans, sa rapide élévation n'étonnait que lui.

Au Bureau des Longitudes, il remplit longtemps les fonctions de secrétaire, où il nous apporta, avec ses habitudes de conscience et de régularité, les précieuses qualités de son style limpide et net. Il fut chargé, en outre, de poursuivre l'œuvre inachevée de Delaunay et de reprendre les tables de la Lune ; il eut le temps de terminer la partie la lus difficile de cet immense travail. Son autorité dans nos conseils grandissait de jour en jour, et au moment où la mort nous l'a enlevé, ses collègues allaient le porter à la présidence par leurs suffrages unanimes.

A la Faculté des Sciences, il enseigna d'abord la mécanique rationnelle comme suppléant de Liouville. Dans cet enseignement qui s'adresse à des débutants, on ne peut réussir que grâce à d'éminentes qualités de clarté et de méthode. Son succès fut complet.

D'ailleurs il passa bientôt à la chaire de mécanique céleste où l'appelaient sa compétence et ses études de prédilection. Pendant de longues années, trop courtes, hélas! pour l'astronomie française, il y prodigua les trésors de sa science et éclaira d'une lumière calme et constante le chemin qui conduit aux plus hautes vérités.

Il aimait cet enseignement qu'il ne voulut pas quitter quand il fut nommé directeur de l'Observatoire de Paris.

D'autres vous diront les services qu'il a rendus à l'astronomie d'observation, à la tête de deux grands établissements, et dans ses missions au Siam, au Japon, à la Martinique. Mais c'est l'astronomie théorique qu'il a surtout cultivée et je suis forcé de m'étendre longuement sur cette partie de son œuvre

III

Delaunay avait le premier rompu avec les traditions anciennes de la mécanique céleste et abandonné des procédés devenus impuissants en face des problèmes plus délicats qui restaient à résoudre.

Peut-être, toutefois, n'avait-il pas aperçu toute la portée de sa découverte ; en la rattachant à des principes plus généraux, Tisserand l'éclairait d'un jour nouveau, et il allait en tirer un parti inattendu.

L'inventeur n'avait appliqué sa méthode qu'à la Lune ; la thèse de Tisserand a pour but de l'étendre à la grande inégalité de Jupiter et de Saturne ; mais elle fait entrevoir bien d'autres applications.

L'un des plus beaux titres de gloire des fondateurs de la mécanique céleste, un de ceux auxquels ils attachaient le plus de prix, c'est la démonstration de la stabilité du système solaire.

Dans certains cas pourtant, cette démonstration restait en défaut et les effets perturbateurs, loin de se balancer, semblaient d'abord s'accumuler. C'est ce qui arrivait, par exemple, pour la planète Hécube et pour certains satellites de Saturne.

Par une modification judicieuse et ingénieuse de la méthode de Delaunay, Tisserand a triomphé des dernières difficultés.

Ces recherches sont condensées dans une série de courtes notes qui ont paru dans les *Comptes Rendus* ou dans le

Bulletin astronomique. Dans l'étroit espace que ces recueils lui réservaient, l'auteur a su tout dire, et tout dire clairement.

On dirait qu'il y a exprimé tout le suc de ces nouvelles méthodes, dont l'exposition complète remplit de gros volumes. Dédaigneux d'un appareil mathématique inutile, il va droit au point essentiel et néglige ce qui n'est qu'accessoire.

Quand une comète approche d'une grosse planète, son orbite est profondément modifiée. Tisserand nous a appris, par exemple, comment ces astres errants, capturés par Jupiter ou Saturne, sont contraints d'abandonner leur course vagabonde pour devenir des satellites du Soleil.

Pourrons-nous, à travers de tels changements, suivre leur identité?

Quel moyen de savoir si on a affaire à un astre nouveau ou à une comète déjà connue dont quelque planète a troublé la marche? Ce moyen, Tisserand nous l'a donné; il est très simple, mais personne n'y avait pensé; aujourd'hui tous les astronomes se servent de ce qu'il appellent le critérium de Tisserand.

Je ne puis songer à analyser ici tous les travaux que notre regretté collègue a consacrés aux points les plus délicats et les plus divers de l'astronomie théorique, à la discussion de la loi de Weber, qu'on a voulu substituer à celle de Newton, aux perturbations des astres à forte inclinaison, comme sont Pallas et les comètes, à la détermination des orbites, à l'anneau de Saturne, à la théorie de la Lune, à l'origine des comètes, à la figure des corps célestes, à la constitution interne de la Terre...

Je m'arrête, une simple énumération serait encore trop longue.

Je dirai un mot seulement d'une de ses dernières notes, non qu'il y ait consacré beaucoup de temps, ni qu'elle tienne une place notable dans son œuvre par son importance ou son étendue, mais parce qu'elle caractérise bien la puissance de son analyse.

La planète Neptune est trop éloignée pour que le télescope puisse nous faire connaître sa forme : Tisserand l'a déterminée par le calcul. Encore connaissait-il le mouvement du satellite; mais il a fait plus. A des distances bien plus prodigieuses encore, Algol n'apparaît dans nos lunettes que comme un point lumineux; son satellite n'est même pas visible ; et pourtant, en quelques lignes de calcul, Tisserand a déterminé l'aplatissement de cette étoile.

Dans tous ses écrits, nous retrouvons l'admirable professeur dont nos étudiants aimaient la parole.

Qu'il s'adresse aux savants, comme dans ses mémoires; aux débutants, comme dans ses exercices d'analyse; ou que, dans l'*Annuaire du Bureau des Longitudes*, il écrive des notices pour un grand public, avide de vérité, mais ignorant des mathématiques, il sait parler à chacun le langage qui peut être compris et goûté.

Ils sont rares ceux qui réunissent toutes ces qualités; profondeur de la pensée, lucidité de l'exposition, ardeur qu'aucun travail ne peut rebuter; c'est pourquoi lui seul pouvait entreprendre et mener à bien la grande œuvre de sa vie : son *Traité de Mécanique céleste*.

Quand, au commencement de ce siècle, Laplace écrivait

son immortel ouvrage, il nous donnait un résumé fidèle et complet de l'état de l'astronomie mathématique.

Les progrès de la science ont été d'abord assez lents et le monument élevé par Laplace n'a longtemps reçu que de légères additions qui n'en rompaient pas l'ordonnance.

Il y a quinze ans, il n'en était déjà plus de même, et la mécanique céleste attendait, pour ainsi dire, un nouveau Laplace, qui sût, non certes, faire oublier le premier ni dispenser de le lire, mais le compléter et continuer son œuvre.

Tisserand ne croyait certainement pas avoir égalé son modèle; et pourtant, sa modestie avait peut-être tort. Si Laplace a des qualités propres, qui ne seront jamais surpassées, par exemple je ne sais quelle ampleur de pensée et de style, Tisserand ne le rappelle-t-il pas par la concision et l'élégance? et même ne l'emporte-t-il pas sur lui par la clarté de son exposition que le lecteur suit sans fatigue?

D'ailleurs ce ne sont là que des nuances, et je donnerais une impression plus juste en disant simplement: c'est le livre que Laplace aurait écrit s'il avait vécu de nos jours.

Heureusement pour nous, Tisserand eut le temps d'achever ce livre, mais il ne devait pas, hélas! jouir longtemps de la satisfaction de la tâche accomplie.

Il fut frappé debout, en pleine vigueur, en pleine activité. A trois heures, il était à l'Académie, au milieu de ses confrères; le soir même il n'était plus.

Ne songeons pas trop à ce qu'il aurait pu faire encore, à tous ces espoirs que la mort a brutalement anéantis; consolons-nous plutôt en pensant qu'il n'a pas péri tout entier et que son action lui a survécu.

C'est qu'en effet ses écrits n'étaient qu'une partie de son œuvre ; c'était celle qui frappait le plus les yeux, mais ce n'était peut-être ni la plus importante ni la plus durable.

Il agissait aussi, il agit encore par son influence, non seulement par l'influence lointaine de ses idées qui se fait sentir bien au delà de nos frontières, mais par cette influence personnelle que savent seuls exercer ceux dont le cœur ne le cède pas à l'esprit.

Il attirait les jeunes gens ; aux plus avancés il ouvrait les colonnes du *Bulletin astronomique*, ce recueil qu'il avait fondé ; il encourageait les autres par son accueil bienveillant, il les soutenait par son constant appui.

Il préparait ainsi des recrues pour l'armée du travail en vue des combats de l'avenir. Ceux qui n'ont pas cette prévoyance et qui s'absorbent tout entiers dans leurs travaux personnels ne font pas assez pour la science. La mort interrompra leur œuvre qui restera inachevée.

La mort, au contraire, n'a pas pris Tisserand au dépourvu ; il a semé, nous récolterons.

DISCOURS

PRONONCÉ PAR

M. O. CALLANDREAU

MEMBRE DE L'INSTITUT

AU NOM DE LA SOCIÉTÉ ASTRONOMIQUE DE FRANCE

MESSIEURS,

La Société astronomique de France m'a chargé de la représenter à l'inauguration du monument élevé par la ville de Nuits-Saint-Georges à Félix Tisserand, qui a rempli les fonctions de président de la Société pendant deux années, de 1893 à 1895.

Absorbé par l'élaboration de son grand ouvrage, économe de son temps comme s'il avait été averti que ses jours étaient comptés, Félix Tisserand, pendant la durée de sa présidence, a fait cependant une large part dans ses préoccupations à la jeune Société, issue de la libre initiative de quelques savants et d'amateurs d'astronomie. La

Société astronomique fut fortifiée par un tel patronage,
et elle n'a pas attendu pour témoigner sa reconnaissance à
son ancien président. Comme M. Faye, le doyen vénéré
des astronomes français, Félix Tisserand pensait que les
savants de profession devaient se mêler à une association
largement ouverte aux personnes qui s'occupent d'astronomie ou qui s'intéressent au développement de cette
science. Un jour, il me disait combien il appréciait l'initiative des fondateurs de la Société; quels avantages il
prévoyait pour l'avenir d'une coopération intelligente entre
l'esprit de tradition représenté par les savants profession-
nels et l'esprit de progrès qui animait les sociétaires de
plus en plus nombreux. Il y avait seulement à utiliser,
au mieux des intérêts de la science, tant de bonnes volontés :
tâche délicate à laquelle il se sentait préparé mieux que
personne.

L'influence que Félix Tisserand a exercée, sans aucune
pensée d'intérêt personnel, sur la science et sur les savants
tenait tout d'abord aux rares qualités de son esprit : la
clarté, la justesse, le bon sens, que l'on appelle les qualités françaises, et que votre pays pourrait revendiquer
comme siennes après en avoir offert dans Bossuet le type
admirable. Les qualités morales répondaient chez Félix
Tisserand à celles de son esprit : je l'ai toujours vu, pendant nos vingt années de relations amicales, simple, fidèle
aux principes d'équité et de justice ; en même temps plein
de bienveillance pour les travailleurs, désireux de tout conci-
lier. Il se délassait de ses travaux au foyer familial qu'une
femme aussi distinguée d'esprit que de cœur avait ranimé.

Quel coup terrible lorsqu'on apprit la fin prématurée de

Félix Tisserand, le 20 octobre 1896! La ville de Nuits a entendu le concert de regrets autour de sa tombe ; elle voit le zèle pieux qui nous rassemble aujourd'hui autour de ce monument destiné à perpétuer le souvenir de son illustre enfant.

Pour ma part, j'ai reçu avec bonheur l'invitation de la ville de Nuits, heureux d'apporter à Félix Tisserand une dernière marque d'amitié et de gratitude.

Paris. — Typographie de Firmin-Didot et Cⁱᵉ, impr. de l'Institut, rue Jacob, 56. — 38459.